구석을 보는 사람

구석을 보는 사람

김정숙 시집

야무책방

시인의 말

내가 피우는 시가 시를 닮으면 좋겠다

돌나물과 바위채송화처럼
시와 삶이 서로 닿아
닮아서
시는 삶을 담고 삶은 시를 담으면 좋겠다

시 닮은 시의 자식들 낳아
시를 만질 때
아픈 자식 어루만지는 약손처럼 보듬고 싶다

내가 시를 낳고 시가 나를 낳아
삶도 시도 점점 나아갔으면 한다

2024년 입동을 지나며,
김정숙

차 례

시인의 말 - 5

1부
어머니의 시간이
시들고 있다

엄마의 방 - 11
좌판의 코디네이터 - 14
병상일지 - 16
물방울 사진첩 - 18
이 가을, 그리움이 따뜻하다 - 20
꽃에도 그늘이 있다 - 22
광대노린재의 울음 - 24
물소리를 그리다 - 26
준설(浚渫) - 27
눈길 - 30
달빛 탐색기 - 32
마디 - 33
바람의 손 - 34
냉이꽃의 집 - 36
수취거부 - 38

2부
마음의 냄새

매듭론 - 41
층층나무 연대기 - 43
모래여인 - 44
배꼽 - 46
꽃병 값 - 48
타로점을 보다 - 50
동그라미를 믿다 - 53
고등어 뼈를 발라내며 - 54
오월의 창 - 56
치자꽃을 시연하다 - 58
자주달개비의 문 - 59
공허(空虛) - 60
작아지는 햄스터 - 62
하현달과 흰여우 - 64
잿간 - 66
눈밭에 피는 망개 열매 - 68

3부

오래된 슬픔은
혼자만의 것이 아니니까

손편지 - 71

자리에게 묻다 - 73

시계의 방 - 74

목어(目語) - 76

변명 - 77

말이라는 물감 - 78

시숙(時熟) - 80

딱지 - 82

하이퍼 詩, 당신 - 83

눈과 발 - 86

냄새 - 89

풀꽃의 노래 - 90

식물성 영혼 - 92

탈피 - 94

하늘 담은 강 - 95

말의 존재 - 96

박제 - 98

4부

별안간 민들레꽃이
우리에게 온다

목도리 - 101

허브의 방 - 103

초록을 펼치다 - 104

나의 룰루 - 105

낙관불입 - 106

따듯한 침묵으로부터 - 108

살품 - 109

데칼코마니 - 110

끌 - 111

떨림, 그 파리한 빛깔 - 113

봄결 - 115

매화꽃의 귀 - 117

월대(月臺) - 118

누설 - 120

손 - 122

합수(合水)는 합수(合手)다 - 123

추억 수선집 - 125

앵두 - 126

1부. _____

어머니의
시간이
    시들고
        있
          다

구석을

엄마의 방

꽃무늬 벽지 황홀한 그 방,
작은 두레반에
엄마는 詩를 차린다.
김치 한 보시기에 흰 구름 동동 띄우는 엄마는
詩人처럼 입가의 자잘한 글씨들 쓰윽
지워 버린다.

당새기에 담긴
일곱 빛깔 염주알
엮인 줄마다
한 아이의 탯줄인 양
간곡하게 어루만진다.

탕탕탕
외아들이 못질한 액자의 테두리
물끄러미 바라본다.
어린 여섯 딸아이 옹기종기 앉은

사철나무 배경의 사진도
바라본다.

다음 달이면 또 비워야 할 방,
없는 꽃무늬도 마음으로 그려내는
남의 집 월세방.

벗기다 만 도라지껍질
퀴퀴한 청국장 냄새
묶다 만 부춧단 뭉텅이
윗목을 지킨다.

오일장마다 이름난 떡할매 울엄마
하얀 차돌, 가을 하늘, 은행잎, 옥색 우물, 단감, 홍옥,
단풍잎을
손바닥에서 만들어
밤마다 염주알 궁글려서

향그러운 나라 하나 만든다.

엄마 나라 엄마 방엔
천정이 없어
시인처럼 날아갈 날개가 없어

흠뻑 젖은
속적삼 흥건한 엄마의 몸 그대로
집 한 채가 되는 것이다.

좌판의 코디네이터

푸성귀 싣고 온 손수레는 할머니의 안락의자
파지 몇 장을 방석 삼아 절로 말문이 터져
지나는 행인을 첫 손님으로 붙든다

시금치가 시를 노래하고
열무는 열심히 시들지 않겠다 다짐하고
고소하다는 듯 쳐다보던 고구마가 고만 넘어져 버렸지

쌓고 또 쌓는 바지런한 손놀림이
가장 예쁜 포즈로 전속 모델들을 줄 세운다
사람은 팔등신이 좋다지만
야채는 이등신만 돼도 돼요
뿌리채소가 일등신, 잎채소는 이등신

칠흑 같은 진흙땅에서 햇빛 냄새 맡고 싶어서
기를 쓰고 참고 견딘 숨구멍을 보세요
상찬에 연근은 콧구멍을 벌름대기라도 할 듯

우엉은 우짜든지 많이 먹으면 좋은 뿌리채소랍니다

겨울 해는 짧고 판을 거두어야 할 시간은 절정의 한 수
자! 떨이에요, 떨이!
마지막 손님은 반값으로 모십니다

판은 판판이 허탈함을 남기지만
좌판의 코디네이터 할머니는 오늘도
어묵 국물 후루룩 마시며
당당한 마음을 코디한다

병상일지

어머니는 병실에서
물새 발자국을 헤아렸다
다친 허리를 추스르며 앉아
까만 수첩을 들추었다
개발새발 새의 부리 같은 글씨가
저마다 오른쪽으로 기울어진 채
큭, 크윽 풀빛 허공을 쪼아대곤 했다

김대감: 12
성이: 1234
희: 12345678910 123456789
영혜: 12345
침을 묻혀가며 눌러쓴 글씨들이
리아스식 해안처럼 들쭉날쭉했다

수첩을 닫고 돌아누우며
두 손을 모으고

사르르 눈을 감는다

병상 모서리 외발로 서 있다가
포르르 떠나가는 새들,
머리맡을 떠돌던 깃털이
모래알 쌓인 수첩 속으로 가라앉았다

물새들의 발자국을 하나도 놓친 적 없는
어머니의 시선은 회향하듯 잔잔하다
다시 오는 새들의 발가락이
새물내를 몰고 온다

물방울 사진첩

오래된 사진을 클릭하자
단단한 지층 속에 박힌 물길이 드러난다
사람들의 얼굴과 풍경이
시간 속에 음각되어 흩어진 행로 사이로
여러 갈래 기억은 퍼즐 조각처럼 흩어졌다
깔깔대는 웃음이 멈춘 곁엔
얼음 같은 울음이 부서져 반짝인다
물줄기는 미로 같은 회로를 휘돌아 솟구친다
어떤 흐름은 혼탁하고 어떤 멈춤은 간결하다
침묵의 뼈를 들추면
넝마처럼 해진 소리들이 숨죽이고 있다
흙탕물을 들이켜 온 풀뿌리의 발치엔
여물지 못한 채 스러진 아픔도 있겠지만
물방울들은 기억을 잊고
다시 손잡으며 무심히 흘러갈 것이다
회오리치는 물살이 배경을 적시고
등 굽은 한숨이 굳어 가지만

가야 할 사람들은 어김없이 가야 할 길을 갔다
흔들리는 풀들은 어둠을 휘젓고
진흙덩이 돌멩이 어우러진 땅을 다져
생각의 발걸음 소리 묻으면
다락에 잠자던 빛바랜 앨범이 유물이다

이 가을,
그리움이 따뜻하다

냄새가 추억을 몰고 온다

갓 구운 식빵 냄새,
급식빵 나눠주던 선생님
흰 손가락이 생각난다

빨간 꼼장어 냄새의 회오리바람,
한 입만 먹어 보라던 언니는
이제 곁에, 없다
돌아와요 부산항에 노랫소리만 구성지다

유년 시절,
외할머니의 등이 따뜻해서
산국 같은 스웨터 냄새에 취해
까무룩 잠에 들었다

떠난 사람들은

눈에서 멀어져도 마음에 남아
붙잡을 수 없는 아름다움이어서

은행잎이 샛노랗게 물드는
이 가을을
그리움으로 데운다
온몸이 훈훈하다

꽃에도
그늘이 있다

꽃에는 그늘이 있다
발목 같은 꽃대 위 난간에서
꽃잎은 품어 온 길을 끝내 놓지 않고 있다

혼자 걸어 들어가는 골목길 같은 꽃대,
발뒤꿈치를 들고 선 꽃잎의 하늘거림이
위태로운 벼랑처럼 아름답다

캄캄한 골목을 하나씩 밀어 올리며
꽃대 속에 자라던 그늘이
꽃잎과 꽃잎 사이에서 흔들리다가
떨리는 향기를 뿜어내면
어둠도 햇빛 속으로 채색되어 흘러나온다

접혀 있던 자리에서
여러 빛깔로 펼쳐지는 벼랑

웃을 때는 웃음의 그늘이
울 때는 울음의 그늘이 에워싸는,
꽃에는 그늘이 있다

광대노린재의 울음

햇빛이 무릎을 굽힌다, 저 아이들을 어째 하며

감자에 싹이 나고 잎이 나고 꽃이 피네
아이들이 놀이를 하는 동안,
광대노린재가 울음을 쏟아낸다, 저 애기들 좀 봐봐 하며
기어가는 무릎이 닳을 때 벌레 소리가 만드는 바닥

겨우내 앓던 감자알 링거줄을 달자마자
어린 감자들이 엄마를 알아보고 온다
비약하지 못한 채 상에 오른 닭백숙의 노란 알 같다
삐약과 비약 사이 ㅂ의 골목에 횡대로 걸친 소녀들
담배 거머쥔 손가락에 발그레한 실핏줄이 보일 듯 말 듯

갈 데까지 간 배추도 연노랑꽃을 피워댄다
피를 토해야 얻는 맑은 소리처럼
지글거리는 여드름을 다 짜내야 고와질 살갗으로
연둣빛이 묽어져 희미해진 주름결로

겉모습을 추종하는 무리들,
기어가는 보석이란 별호가 영광이 아니라 형벌,
광대노린재가 노린 내를 뭉쳐
몸의 몽타주를 만들 때
아이들이 감자에 싹이 나고 잎이 나고 놀이를 할 때
햇빛도 광에 들기 전 무릎을 굽히듯이
울음을 꺾어 냄새로 눕힌다

다들 키우지 못할 아이들을 왜 자꾸 만드는 걸까

물소리를
그리다

유리의 귀가
온몸으로 우는 빗방울의 흐느낌을
흘려듣는다

외로움끼리 손 잡고 볼 부비는 방울집
집은 집이지 몸이 집이지
눈물 속에 갇힌 눈물
허물어지는 눈물집이지

눈물의 마을에선
끝내 스며들 수 없는 비탈을
오래 앓았다

난청이었다

준설浚渫

모래 쌓이는 강가에 잡풀이 자란다
움푹 꺼진 물웅덩이는 할머니 잇몸처럼 허물어진다
당신을 만난 내 마음에도
쌓이다가
혹, 패인 자리 있었을까

물살이 속으로 파고드는 동안
뜨거워진 모래밭은 가뭇없이 재첩을 키운다
번개도 소나기도 한때,
젖었던 시간이 지나면
축축한 이끼 같던 눈빛은 가을볕 붉은 고추처럼
깔깔해진다
알그레한 빛깔이 더 선연해진다

한통속이 된 물과 바람이 손잡고 내달리며
모래밭의 구도를 새로 만드는 다반사 속
마음을 물구나무 세우고 싶을 때

여전히 나는 당신에게 편입된 주소
흐르고 넘치는 마음 가두거나
구르고 부서지는 말들 거두며
쌓인 허물 파헤친다
불순함을 털어내고 또 덜어낸다

내 마음을 아는 듯
포크레인이 번쩍 강바닥을 들어올린다
거뜬히 물길의 방향을 돌리고 단단한 구조물을 세운다
잘 양생된 시멘트 조각물이
최첨단 거북알을 낳을 것인가

설거지 후 나는 포개 놓은 접시들에서
다른 쪽으로 놓인 하나를 돌려세운다
흰빛을 덜어내며 더 깊어진 강심은 아직도
찰박찰박,
마음의 물기란 어찌 이리 더디 마르는지

이 모든 절차가
다 제방을 짓기 전의 일이었을 것이다

눈길

뿌리의 충만한 기운을 자아올리며
잎이 홍건해진다
햇빛과 바람을 갈아입으며
숨결을 고르고

달빛이 지켜보던
잎맥이 선명해질 때
점점 붉어진 얼굴이
푸른 바탕 위로 드러난다

덩굴에 매달려
서로서로
앞다투어 물드는 얼굴들

초록 대문을 나서며 뒤돌아보자
연신 손 흔드는 어머니,
붉은 스웨터에서 뻗어 나온 길이

덩굴손처럼 나를 휘감는다

손잡고 푸르게 나부끼는 잎사귀처럼
눈빛에서 눈빛으로 이어지는
고옥하고 서늘한 눈길

달빛 탐색기

그녀의 고독은 현무암을 닮았다
구름 속으로 자취를 감추거나 수시로 형색을 바꾼다
사라지는 뒤태가 매번 달랐지만
산 너머로부터 시린 내 눈 속으로 돌아오겠거니 믿었다
마음의 모서리가 치통처럼 서러운 날
감당할 수 없는 불길을 지그시 참았다
이마에서 흘러내린 우윳빛 한 가닥을 채집하면
천 년의 독백, 그 유전형질을 알 수 있을까
달의 고독은 퇴적암보다 현무암에 가깝다
혼돈을 견디면서 균열이 생겼다
달맞이꽃이 노란 냄새를 뿜어낼 때
달의 옆모습 서린 음영 많은 보조개가 밉지 않다
달빛이 참빗처럼 어둠을 빗어 내린다
바늘처럼 투르르 떨어지는 비늘이
강물 속으로 스러진다

마디

그리움은
연필로 나무 한 그루 그리는 일이다
선 하나 그으면
앞서 그린 선이 지워진다
잎사귀 그리면 줄기가 지워지고
둥치 없어진 자리엔
흰 구름이 들어선다
무한정 그려도 제대로 그릴 수 없이
늘 한 군데가 모자란 짝짝이 눈이거나
콧구멍이 없는 기형의 얼굴,
못 갖춘 마디
마디와 마디 사이

바람의 손

바람이 반란을 일으켰다
봄부터 꽃을 피워낸 손이
꽃나무의 무릎을 손톱으로 할퀴고
부러뜨린 것이다

가으내 속병 앓던 나무는
붉은 잎을 신음처럼 떨구고
닥친 재앙에 속수무책이던
꽃눈 위로 진눈깨비를 흩날린다

송곳니를 드러내고 유령처럼 웃는 바람
맹수처럼 으르렁거리는 공세를
달랠 수는 없는가

비명도 못 지르는 나무가
다친 손을 내밀자
염치없는 바람이 쏜살같이 달아난다

용서로 풀리지 않는 일이 어디 있겠는가

냉이꽃의 집

울음이 꽃을 피웠을까

자잘하고 흰 멍울들이 돋아나고
작은 돌기 여물어가던 그때
거기와 여기
집 안과 바깥에서
서로 놀라서
한참 입을 다문 채

하마터면 우지끈 밟아 무너뜨릴 뻔한
벽돌 속 그 집,
하늘하늘 흔들리며
부서질 듯 가녀린 것들
씨앗이 집일 수 있겠구나

냉이꽃 바라보며
미안하다 말도 못 하는데

거기와 여기, 바라보는 자와 보이는 자로

집 안과 바깥에서

서로 놀라서 한참 입을 다문 채 서 있었던 것인데

희고 자잘한 어머니의 시간들이 멍울멍울 시들고 있다

수취거부

보도블록 위 플라타너스잎 한 장,
낙관 같은 편지를 보았다
구불구불 행로가 그려진 잎맥의 말을 읽었다

잎은 떨어져 날아다니고

어디로 가서 무엇을 할까
내 삶이 막막하고 막막하여
타인의 슬픔을 몰랐다
새어 나오지 못하고 잦아드는
속으로 가라앉는
어머니의 울음소리 곁에서도
눈시울만 붉혔다

2부. _____

마
 음
  의
     냄
       새

매듭론

이것은 실의 이야기가 아니다

캄캄한 밤
한 여인이 그를 집어 들었다 반짇고리에 놓았다
그러고는 잊어버렸다

그는 몽유병에 걸려 거리를 걸어다녔다
허공을 한 줌 꼬집어 좁고 긴 통로를 만들었다
어느 틈에 꽃씨가 들어갔을까
실의 마디에서 기이한 꽃이 피어났다

혼자 있으면 실도 외로울까
질끈 묶어서 실과 실을 하나로 만들까
실을 구경하다 생각한 학자가 있었다

가로 세로로 엮고 색색의 무늬를 만들고,
학자는 놀이에 빠져들었고

하나의 실은 여인에게 돌아오지 못했다

결국 하나의 긴 실이 매듭이 된 이야기다

층층나무 연대기

층층나무가 양팔을 뻗으며
허공을 휘젓는다
구름의 층에 닿고 싶은지
흰꽃의 계단을 만들어 나간다
흰 얼룩을 달고 살았던
페인트공 김씨, 고층아파트 엘리베이터에 갇히자
번들거리는 새 양복이 오히려 초라하다
지하 셋방에서 아파트까지 어긋매김의 이력,
일조권도 잠시뿐,
키 큰 나무 같은 이웃들이 하늘을 가린다
자리다툼을 하듯
한 층씩 꽃냄새를 넓혀 나간다

모래여인

모래시계 안
한 알의 여자가 흘러내린다
한 여자의 등에 기대어
다른 여자가,
아니 사람들이 같은 시간에 닿은 인연들이
함께 흘러내린다.

시간은 충분하다
빠르다고 느끼는 것은 사유의 착각
반쯤 채운 모래시계
거꾸로 뒤집으면 새로운 세상이 열리고
태초가 다시 시작한다.

하나의 큰 하강 안에
몰입하여 모래알의 내가
또 다른 나에게 남에게 몸짓으로 부딪히는
시간들

어느 하늘에선가 다시 상봉할
꽃 같은 내 영혼을
기다리기에 충분한 시간들

어린 소녀가 자라서 머리카락 휘날리는
모래여인이 된다 한들
조금의 축축함만 있다면
더 이상 모래여인은 하나의 입자가 아니다
큰 덩어리의 반죽이 되어
흘러내리지 않는 사랑이 된다.

낙타 등 안에 깃든
물혹의 무게만큼의 사랑을 짊어지고
모래시계 안의 여자가
처언 처언히
처언 처언 처언히
흘러내린다.

배꼽

너는 주름잎꽃이었다
하도 작아서 눈에 넣어도 모자랄 것 같았다
넌 울지 않았다
간호사가 엉덩이를 때리고서야
겨우 울었다

3.2킬로그램, 2.2킬로그램의 쌍둥이를 낳았으나
숨소리가 들릴 듯 말 듯한 너를
낳았다는 말을 못 했다

15분 차이로 언니인 큰애를 씻기는 동안
주름잎꽃 같은 네 살갗이 아플까 봐
물 한 방울조차 찍어 바르지 못했다
눈물도 흘릴 수 없었다

기도의 입김을 바르는 동안
젖을 빠는 힘이 너에게도 비로소 왔다

널 안고 젖을 물릴 때마다
큰애는 분유병을 안아야 했지만
몇 달이 지나면서 ET 같던 살갖 주름도 펴져서
다행이었다
깊숙이 숨었던 배꼽도 메롱 하며 나왔다

그렇게 이쁘게 웃는 배꼽을 생전 처음 보았다

꽃병 값

삼백 년 전의 중국 꽃병이 구백억에 팔렸다

삼십여 년 전 나는
꽃병을 만삼천칠백오십 원에 팔았다
13,750원은 아주 소탈한 금액,
사랑하는 사람으로부터 처음 받은 돈,
남편의 첫 월급봉투,
은색, 금색의 동전까지 합한 금액이었다
꽃병을 판 값으로 쌀을 몇 되 살까,
그가 좋아하는 막걸리를 궤짝으로 살까,
그러고도 남는 돈은 공책과 연필을 사서 시를 쓴다
다 그만두고 몇 권의 책을 골라 볼까
1,800원 정도 하는 시집을 7권쯤 선택하느라
하루 종일 서점에서 행복하겠지

그가 일한 노동의 대가,
한 달 내내 연애에 복무하고

연애에서 이탈한 단 하루 매달린 쥐꼬리에
세금까지 바치고 남은 그 돈을 받고
나는 나를 원망하고 할퀴었다
아둔한 셈법으로 계산을 반복했다

몸과 몸의 교환,
시간과 시간의 결합,
어떤 거래가 그보다 명료할 수는 없었을 터,
시급만큼 받는다면 아주 공정한 거래
너무 싸게 팔았던 꽃병에 공주병까지 덤으로 얹은,
투자 결과는 성공적이었지
원가보다 큰 프리미엄의 선물은
내가 판 꽃병보다 훨씬 귀하고 소중한 보석, 네 명의 딸
어떤 계산기로도 계산할 수 없이 함께하는 生,
다섯 개의 꽃병에 꽂힌 웃음꽃들이
한 줄기에 피었다

타로점을
보다

주름잎꽃*의 향방을 검토한다

언제쯤 생길지 생각하고 한 장,

작은애 꺼도 뽑으세요

눈에 안 찬다고 나오네요

글씨들과 많이 친해서 큰애가 잘난 사람인데 많이 깊어요

작은애 곁에 지금 뭉게뭉게 피어나는 뭉게구름,

비를 만드는 게 구름이라죠

이 년 뒤에 큰애한테도 비행접시처럼 큰 구름이 나타나요

서른여섯이 넘치는 나이는 아니에요

넘을락 말락 아슬아슬한 때죠

작은애가 먼저 그림을 만들 수도 있다는 거고요

*——— 나는 네 딸을 낳았고 위로 두 딸은 결혼했으며 셋째딸과 넷째딸은 아직 결혼하지 않았다. 맏딸을 낳고 쌍둥이와 연년생 막내를 키웠다. 셋째는 태어날 때 몸무게가 2.2킬로그램이었고 ET처럼 주름이 져서 신생아 때 물을 바르거나 차마 씻기기도 힘들었다. 셋째를 비유로 쓴 시가 「배꼽」이다.

잎사귀가 많아 그늘이 깊고
최종심은 서랍에 서류 보관 중입니다

물이 새고 바람이 들이치는 구멍,
시멘트가 있으면 모래가 없고 모래를 구하면 삽이,
모든 걸 구비하면 삽질을 할 아빠가 아팠었다
작은 구멍의 틈으로 큰 드럼의 물이 다 흘러내렸다

쥐가 나도록 저릴 때 아픈 네 손가락을 구멍에서 떼 보렴
한 번쯤은 논리를 접고 빛깔 있는 음악을 따라 마음을
움직여 봐
네가 서 있는 곳, 네 좌표, 네 결심의 중심점으로부터
서서히 어떤 사람의 분홍색 날갯죽지를 향해 미끄러져
가렴

나타난다니 좋다
주름이 없으면 주름잎꽃이 아니겠지만

동그라미를
믿다

새벽이 눈뜰 때

멀리 있는 솜털이 기척을 한다

코를 찡긋거리더니

수많은 표정을 머금은 하품이

시원하게 솟구친다

배냇저고리의 흰빛이 불꽃 튀는 몸부림으로

두 주먹을 도사린다

눈에 보이지 않는 뿌리들

낱낱의 표정을 드러내는 얼굴,

동그라미는 빛이 스며들어

안팎으로 열리는 자동문

송편 같은 눈이

여러 빛깔을 모은 채

화소를 높인다

온기 품은 총구가 맨드랍다

둥근 옥돌을 믿는다

고등어 뼈를
발라내며

안경을 세 개나 쓴 난시의 아내가
간잽이 고등어를 뒤집는다
끓는 기름의 소리를 읽는 귀가
고등어 등의 빛깔을 넉넉하게 가늠한다

뒤집개가 파도 소리를 뒤엎는다
눈썹을 찡그리는 곁에서
나는 어깨를 옴츠릴 뿐,

반짝이는 것이 모두 금이 아니듯
보이지 않는다 해서
못 보는 것이 아니다
프라이팬을 달구는 게 아내의 낙이라면
식지 않은 프라이팬을 치우는 게 나의 낙

저녁 밥상머리
생선의 살점을 발라낸 손은

이윽고
새로 산 시집을 뒤집는다

목소리를 뒤집개처럼 밀어 넣으면
자글자글 익는 시어가
거품처럼 차오르고
푸른 심해 속으로 한 편의 시가
노릇노릇 익어간다

잘 익은 고등어 같은 저녁을
맛있게 발라낸다

오월의 창

창 너머의 너머엔
겹겹의 복눈이 있다
해독 불가한
사람의 눈빛
자동 열림이지만 빛깔을 모른다
서로 다른 곳을 보고
서로 다른 그림을 그리는
겨우내 커튼 가려진 창처럼
마음은 보이지 않는다

갈색은 연두를 낳고 연두는 초록을 낳고
빛깔이 지극하면 깜장이 되지
분홍이 새끼에 새끼를 치면
세상은 온통 화들짝 호들갑스러운 연애들
내가 보는 당신 눈빛이
이미 다 읽은 통속이어도
나 또한 한통속이어서

싫다면서 끌려든 파리지옥
끈끈하고 칙칙한 콜타르 빛

아카시아 냄새 풍기는 날
내다보던 오월의 남자
바깥에서 서성거린다
마루에 던져 놓고 달아난
찔레꽃 한 다발
그 꽃잎 속의 창틀만 시들지 않는다

치자꽃을
시연하다

장대비, 마른 땅에 하얀 장검처럼 쿠 쿠우쿡 꽂힌다
장마가 올 때 온 사랑은 장마가 떠나갈 때 떠나갔다
부르튼 입술이 내뿜는 향기가 천리만리 흩어졌다

자주달개비의 문

흑자줏빛으로 타들어 간다 가쁜 숨 몰아쉰다
착상을 기다리는 꿈의 뿌리
연초록 대궁 속으로 길어 올린다

보라도 검정도 아닌 빛깔이 겹쳤다
쪼개지는 그림자 놀이다 밖으로, 안으로,
연신 내고 들이는 백태 낀 혓바닥,

무얼 더 말하겠다고 참지 못할 뜨거움이라고
물 구비 회오리 소용돌이 주저앉혀
미친 숨결 모으고 드러내는 노란 꽃술

한 자락 터지는 저, 정연한 열림

공허 空虛

이웃이 떠나며 선물한 난 화분
허공이 함께 왔다
잎새의 향기와 공기가 섞일 때
난초의 허공과 내 허공이 얽혔다
가장자리부터 마르더니
부황 든 뿌리를 뽑아내자
또아리를 튼 숨결이 스르르 풀려나갔다
허공이 공허하다
허공을 뒤집은 자리에서 자라는 투명 벌레
보이지 않으면서 나를 갉아먹는 동안
허허로운 눈빛으로 나를 염탐하며
안팎으로 살찐 허공이 캄캄하게 깊어진다
아무 말도 하지 못하고
어떤 일도 하고 싶지 않을 때
씁쓰레한 입술 주위에 떠도는 노란 헛웃음
무리 지어 피어나는 어떤 꽃도
눈에 들 리 없을 것이다

이 허허로움, 헛헛함 오래갈 것이다

작아지는
햄스터

방에 틀어박혀 있는 내내 눈송이의 몸에
털이 돋았다
인큐베이터 떠나 온 기억이 까마득하다

더 이상 커질 수 없는
성장판 닫힌 몸이 철문 안에 갇혔다

아무도 모르는 떨림, 설렘으로
만지작거리고 쓰다듬는다

뒤틀리는 일에 골몰한 맨발
푹푹 쌓인 눈 속 시린 맥을 애써 외면하고

처음부터 햄스터는 햄스터
시간이 흘러도 솔방울처럼 작은 그림자
더 이상 자라지 않는 형벌의
근지러운 목숨

표면장력을 배우고 있다

하현달과 흰여우

분화구의 한 지점
흰빛으로 빛나는 눈밭에서
제 그림자를 내려다보는 흰여우,
바닥에 얼어붙은 제 그림자를 떼어내려고
안간힘을 쓴다

어디로 가야 할지 모르지만 어디론가 가야 한다
여기가 아닌 저기로
저기가 아닌 거기쯤으로
몇 개의 벼랑과 절벽을
뛰어 뛰어서 넘어가야 한다

수천 도로 뜨겁게 흘러내렸던 용암의
무덤이 분화구라면
가슴속 고임돌은 그리움의 무덤이자 분화구일 것이다

잠깐 본 하현달이 내내 보이지 않아

분화구 인근 지역을 떠돌아다니던 흰여우에게
서식지를 훌쩍 벗어나는 일은 예사롭지 않은 일

흰 빛깔로 에워싼 분화구의
푸른 물빛도 쩡쩡 얼어붙은 날
길고 서늘한 그림자를
풍경 속에 실루엣으로 꽂는
한 마리의 짐승은 야생화가 된다

살얼음을 덮어쓰고 바들바들 떨어도
마음은 얼지 않는다
먼 곳에서
백자항아리 같은 잔영으로 돌아날 하현달이
돌아온다면

날이 저물어도 영영 저문 것은 아니다

잿간

볕이 들지 않는 구석,
햇빛도 그곳에선 어스름 그늘이 됩니다
뒷모습을 들킨 사람의 헛기침조차
잿빛으로 보이더군요
우연히 부딪힌 그 사람도
구석을 좋아할까요
얼굴 붉히던 마음을 기억해요

돌아앉아 아기에게 젖을 먹일 때
종이를 모아두었던, 서랍이 잿간이었어요
붉은 마음 태운 흰 재를 헤집으면
가까스로 되살아나는 불씨도 있더군요
글씨에서 나는 재 냄새에 취해 밤을 새우기도 하지요

눈 내리는 날 흙냄새나
사람들의 다 태우고 난 마음의 냄새일까요
가볍고 가벼우면서도 공중을 떠돌기보다는

차분하게 하얀 조각들이 아래로 아래로 가라앉는걸요
구석을 좋아하던 사람처럼
나서며 노끈 종이까지 차곡차곡 모아두는 연한 마음이
있을까요
다 태우고 남은 재까지도 모아두던 그런 곳
이직도 외딴 어느 마을에 있을까요
봄의 밭고랑에 재를 뿌리던 아버지는 어디 있을까요
푸성귀 대신 그늘을 농사 지으며
잿빛 그리움을 하나씩 모으고 있을까요

눈밭에 피는
망개 열매

눈먼 암캐 눈밭을 헤맨다
발톱으로 낱낱이 줄기를 새긴다
하트 모양의 푸른 잎 사이로
연초록 새끼를 슬었다

빨갛게 익은 열매
돌보다 단단한 뿌리는 십 년이 흘러도 반들반들
썩지 않는다
얼어 죽을, 망할 놈의, 개가 아니었다
망망대해 헤엄쳐 온
부서지지 않을 사랑이었다

3부.
_____

오래된
    슬픔은

혼자만의 것이
아니니까

마
음

손편지

한때 우리는 누군지도 모르는 푸른 빛들을 향해
굽이 너머 또 굽이를 돌았다
공공연한 대필이며 내용 공개
수신인을 바꾸며 생기는 겹겹의 물무늬가
간간이 말썽을 일으켰다

글자들이 또각거리는 길의 갈래
사이를 가늠하는 눈자위가, 붉어 갈 때
지구의 밤은 하나여서 절망이 아니었다

눈먼 글자들이 햇빛을 등지고
나막신을 신고 걷는 진창길이
먼 산에서 흘러내린 먹빛과 밀통하는 사이

'고맙고, 고마웠어요'와
'잊어 주세요'의 행간,
마침표의 비무장지대마다

상심이 들추는 밤,
나무들의 떨켜는 봄의 바깥에서
바람과의 마찰음으로 어두워졌고
등 뒤에 붙인 〈펜팔 구함〉은 옛일이 되었다

미지로 흐르는 잉크빛 어디에다 흘리나
스마트폰 스팸 문자들의 광란 속
지워지지 않은 몇 점의 흰 구름이 있다면
내가 내게로 띄워 볼까

자리에게
묻다

조각난 사금파리로 금을 그은 마당에서
해종일 놀았었지 뽕나무 오디처럼
눈빛이 까매지도록 흙먼지 풀썩이며

툇마루에 책보를 던져 놓고
어린 손톱으로 튕긴 웃음의 방울방울,
아직도 거기 머물는지 고운 마당도 그대로일지

시계의 방

성능 좋은 바늘이 박음질하며 만들어 낸 유배지
최초와 최후가 샴쌍둥이처럼 등을 맞댄다
성층권 구름을 통과하며 고막을 잃은 단풍일까
아니면 본래부터 데드마스크였을까
참빗으로 빗어 내린 머릿결보다 촘촘한 틈 사이를
자폐아의 시린 눈이 파고든다
수많은 개미들 중 먹이를 입에 문 개미는 한두 마리,
끝없이 풀려나는 소문 중 단 일순간의 몸서리,
고성능 압축기로 압축한 종이의 퍼덕임,
꽃밭에서 풀려나는 나비,
용수철에 튕긴 진흙 인간에서 묻어나는 끈끈함,
흑판에서 폴폴 날리는 분필가루,
꽃가루, 기침, 알레르기 반응, 명반효과, 흑점
어떤 상징으로도 그녀의 가면을 벗길 수는 없는 것,
처음부터 배꼽에 감긴 공복이란 없는 거였다
태엽이 두통을 끌고 가지 않으면
시계(視界)는 시계(時計)가 될 수 있다

앉은뱅이 노인처럼 늙어 버린 시계
시계를 망치로 깨뜨려도 시간은 없어지지 않는다
이 유배지 속 초조한 초초살이,
검은 사각 도시락의 이 감옥은 기침 소리조차 없다

목어 目語

죽음 가까이로 가는 사람이
사라져가는 숨소리를 붙들기 위해 헉헉거린다

말하지 못하는 성대가 울컥,
묻혀 온 그늘을 힘겹게 게워낸다

어느새란 새는
일생 동안 한 말들의 소리가 깃털을 감춘 새,

희미해지는 한 자락 빛살이
마주하는 시선들을 하나씩 붙들고
설해목의 옹니 같은 눈동자 속으로
박혀 드는 얼굴이 몸부림친다

계기판의 숫자가 점멸하다 멈춘다
소리가 빛으로 화하는 순간이다

변명

다시
시 쓴다고 하지 마라

안 쓴다

세상이 다 시인 것을,

원고지에 시를 쓴다

말이라는
물감

잘못 엎지른 물감통 끌어안고 버둥거리지 마
더 이상은 곤란해

무덤덤한 네 낯빛이 하얗게 질렸다
풀물이라도 든 것처럼
붉으락푸르락하더니
끝내 울음을 터뜨린다

무심한 말 한 방울 흘린 것뿐인데
마음의 살갗이 그리 쓰렸나
개울 바닥 돌멩이 다시 불러내고
숨죽은 피라미도 팔딱이게 할까

이것저것 눌러대니 튜브 껍질마저 터지고
눈도 코도 없는 색깔들로
그리움이었던 초상은
진흙탕보다 더 얼룩졌다

팔레트에 짜 둔 물감은 식어가면서
물을 찾는 병자의 입술처럼
뭔가 말하고 싶어 했다
이 사태는 수습 불가능이다

말을 통째로 쏟아낸 것은
실수가 아니라 실패였다

시숙^{時熟*}

하늘이 낮아지고 개미들이 이사를 간다
봇짐을 흘리면서도 대열을 이탈하지 않는

담쟁이덩굴이 낡은 벽을 기어오른다
무형의 계단을 한 칸 한 칸 붙들며

해바라기가 원을 돌리며 고갯짓하듯 둥글게
혹은 길게 지향하는 것

소년들이 달음박질하는 운동장
덩굴손을 뻗는 휘파람 소리, 후렴구
그늘을 비끄러 매고 낡아가는 집과
평생을 한 자리에 선 나무의 닮은 점은 무엇인가

* ──── 시숙(時熟): 시간을 익히다.

길 위의 길, 길 옆의 길, 늘어진 길의 잔해들

의사가 이름을 심어 놓은 뇌관들, 허파를 심어 놓은 꽃씨들,
접사한 무늬가 녹을 때마다 일침을 가한다
윤활유로 밀어내는 허파, 몽롱한 골목을 더 깎아내야 한다
벌떼 잉잉거리는 파꽃, 파밭 옆에 포도밭, 복숭아밭 그늘,
쑥덤불 꼬리에 매달린 고샅길도
어디론가 가기 위한 몸부림의 한 갈래
어디에도 없는 차양 같은 그늘을 찾아가는
꿈틀거림이 열매 속으로 스며들어
들큰한 시간을 삭히고 있다

익어가는 시간도
자를 수 없이 길어서 길이다

딱지

오십이 넘어도 서두는 버릇을 못 고쳤다
뜨거운 기름 쏟은 종아리
맨살이 빨갛다
물집이 생기고 부풀어 오른다

실수를 비웃는 눈빛보다
더 화끈거리고 따가운 속살

쓰릴 만큼 쓰리고 나면
가뭇없이 나을까

내내 거기로만 마음이 들러붙는다
위로하듯
갑옷을 갈아입힌다

하이퍼 詩,
당신

한 이별이 한 사랑의 가면을 쓴다
낱말들은 곡식들의 낱알처럼 한 푸대에 담겨져
새근새근 숨을 쉰다
먼 풍경들이 가까워져서 도란거리다가 다시 멀어진다
우유의 기억이 없는 우유는 치즈의 상상을 낳지 못한다
모잠비크 해협이나 잠비아로부터 돌아올 때 콧노래 부르
는 것은 외항선원이 아니라 고향 개울물이다 고양이 세
수한 축구선수가 오심(誤審)에 항의하며 관중석으로 공을
찬다 오심(誤審)과 오심(惡心) 같은 동음이의어처럼
마음의 길은 용서와 그리움의 소리를 휘감고 구비구비
재를 넘는 것, 박달재와 재 너머 사래 긴 밭엔 무릎 꿇는
구름조차 오장육부가 없는 걸까
보리의 껄끄러움은 몸의 껄끄러움, 그 마음은
맥심이거나 보리심으로
아버지의 턱수염이 까칠까칠 부드러운 속마음을 감싼다
물속으로 들어가는 햇빛이 무릎을 꺾듯이
설해목이 부러진다

검은 피아노 건반을 덮은 덮개에 나비가 날아와 앉는다
나비는, 나를 기다리며 당신이 접은 색종이 중
유독 진한 바로 그 노란빛이었을까
색종이는 색동저고리빛을 아는 걸까
노랑 저고리와 빨강 치마저고리, 다초점의 사진이 묶인
달력의 첫 장 사진 속 까치 한 마리 떨고 있다
까치까치 설날이면 날 선 마음들이 경계를 잃고
우리도 사랑일까 묻는다
교향곡이나 아리아, 클래식, 론도, 변주곡 등
음악에 가까운 그림에서는 젖은 흰 눈 냄새가 난다
흰 눈을 목도리 삼아 감은 기와 모양이
물고기 비늘을 닮았다
거미의 집이자 길인 거미줄은 거미의 침이 묻어
따뜻하고 끈적하다
가끔 햇빛이나 나뭇잎이 걸려 버둥거린다
한겨울에 밀짚모자 꼬마 눈사람 눈썹이 우습구나 코도
삐뚤고

거울을 보여 줄까 꼬마 눈사람, 이 노래 속의 거울이
우리가 찾는 바로 그런 시일지도 모른다
여름 하늘과 겨울 하늘을 미리 겹쳐 놓았던 걸까
다이너마이트가 터뜨리는 섬광처럼 폭죽이 터지는
하늘가, 불길 속엔
불길함이 갇혀 있다
이별의 가면을 덮어쓴 사랑처럼 울고 있다

눈과 발

눈은 발이 돌아 나간 길목을 뒤진다
나뭇잎보다 발랄하고 깃털보다 가벼운 발을
물끄러미 지켜보았지만
떠나려는 발의 충동질을 막을 수는 없는 것
먼 곳으로 차낼 기운이 발을 거듭해서 부를 때마다
발이 앞을 겨누었고 부지런하게 먼지를 일으켰다

애야, 너는 네가 만든 먼지 속에서 사는 것 같구나

눈을 뜨고 있던 얼굴이 눈을 감고
발의 처분을 기다린다
발이 돌아 나간 지도 속
직선과 곡선들을 형형한 눈빛으로 염탐하고
나뭇잎 잎맥 같은 눈금들을 샅샅이 알아도 모른 척,

지금 이 순간 물이 끓고 있으면 끓는 물이다

발에게 지나온 길을 묻지 말아야 했다
앞서거니 뒤서거니
눈물의 비등점에 함께 닿은 적이 많았으므로
파편으로 튀거나 숨으려고 애쓴 적도 있지만
두려움 속에서 계속 숨이 펄떡이다가도
동그랗게 웅크린 발의 고집은 이내 돌처럼 단단해진다

묵묵부답하는 발에게 안구를 달아 줄 비책은 무엇인지,
발치 아래로 눈을 내리깔고 걸음이 먼저 나가면 발에게
승복하고
눈빛이 잡아끌면 발길이 눈길을 따라간다
발이 출구를 열 때 이력을 모으고
걸음의 행간에서 깊어진다
발소리를 듣는 눈을 감고 소리가 묻히는 지점,
숨을 멈추고 고요히 귀항한다

어머니, 저는 이제 아무 데도 가지 않겠어요,

앞
에

온기가 식은 발이 기울어질 때
발끝이 어둠의 철벽을 찌른다
발이 눈을 번쩍 뜬다
발에 눈이 갇힌다

보는

냄새

유리병 속 순수 한 방울
희고 붉은 꽃의 살피 스러지고
맑음만 남았을까

눈물 쌓인 길 더께더께
아득하고 무색하다

물빛 사람 냄새처럼
향기에 감염되는 공기방울들 방울들
행렬들, 진땀 흐르는 손이 손잡아서 풍기는

풀꽃의 노래

질척하거나 마른 땅 가리지 않고
간지러운 실비거나
아픈 장대비 온몸으로 맞으며
말없이 한 번 뿌리내린 그 자리를 지킨다.

무심한 길손에게 밟히고 깔려도
찡그리지 않고
추스르며 일어나
그늘 아래 다소곳한 기다림,
수줍은 미소 짓는다.

발가락이 닳도록 흙의 심장을 후벼파고
얽힌 실뿌리 풀어내며 샘물을 찾아간다.
익숙하고 지치지 않는 손놀림은
굶주려도 구걸하지 않는
품위를 지녔다.

내일 하늘이 무너진다 하더라도
오늘의 별빛 한 모금을 달게 마신다.

화려하고 큰 꽃을 매달지 못하고
먹음직한 과일을 열지 않지만
조촐한 가슴,
큰 꽃이나 열매 없이
억눌린 회색빛 슬픔을 우윳빛으로 발효하는데

길이 없는 곳에 길을 열며
문 없는 곳에 손잡이 되어
얽매인 그 자리,
돋아나는 소슬한 눈망울
푸르고 푸른 정맥의
바람이여.

식물성 영혼

흰 장미는 장미나무에 핀 흰 촛불이다
노란 촛불은 작은 화분에 핀 노란 꽃이다
그리고 종이컵 화분에 노란 장미가 필 때마다
많은 꽃들의 심장이 콜록거린다
기침으로 가득 찬 거리,
오래된 이 슬픔은 혼자만의 것이 아니다
사람이 사람의 목덜미를 바라보는 것만으로
동류항에 들어 무한수열을 이루는 뜨거움

앙상한 가슴의 나이테의 틈새,
빛이 고여 있다
나무들로 빼꼭한 숲을 들여다보면 수렁같이 깊은
나무의 영혼,
산과 강을 사이에 두고 소곤거리던 햇빛,
무심한 산의 귓전을 밤새도록 적시던 봄비,
영혼의 빛이 흐르는 눈동자가 있다

바람이 열쇠를 입에 물고 꽃을 열던 순간이다
봄의 상영을 알리는 자막에 신호가 번득인다

팔다리가 저리도록 한 자리에 서 있던
식물성 영혼들이 불을 품고 행진한다
가만히 있기엔 참을 수 없는
변덕스러운 날씨였다
식물성 영혼도 때로는 날씨와 격돌한다

탈피

거푸집의 산도(産道)에서 미끄러진 동종(銅鐘)
사정없이 때리는 종채도 같이 아파
푸르뎅뎅 멍이 들 때 세상도 쓰라려서

찬 바람 일으키는 무심한 회색 장삼
소리의 살갗에서 그늘을 벗겨 낸다
포박한 오라 하나씩 음통에서 풀려난다

하늘 담은 강

한 방울에 산이 잠긴다
또 한 방울에 하늘이 담긴다

흔들리는 버드나무 줄기
강물 속을 지켜보는 여인의 시선,
그 어두운 빛과 바닥의 돌부리

언제쯤 바다로 갈 수 있을까
흐르며 흘러가며 남긴 미음 같은 마음 한 줌,
차고 푸른 물살의 사생아,
진초록의 물이끼

은실처럼 이어지는 눈물이 방울방울
운구하듯 긴 행렬

말의 존재

중얼거림이 시가 되는 강변 모래알 쪼아 먹는 부리를
따라간다
어디서 개가 짖는가, 새가 울고 있는가
소리 없는 소리가 들린다
모르는 사이 돋아난 말이 뭉텅뭉텅 빠진다

미친 말의 불길은 마을을 태우고
사람이 사람으로 가는 길마저 숯으로 만들었다

때로 수수밭에 서걱대는 바람으로 오거나
들리지 않고 보이지 않으면서
꽃 냄새로도 비린내로도 온다

밭두덕 콩대처럼 자라는 말 옆에 풋콩처럼 덜 여문 말
바다와 하늘처럼 마주 보는 말
눈부처 같은 말
암각무늬 같은 말

따개비처럼 달라붙는 말
봉한 말 하품하는 말의 말
몇 겹으로 도금하여 속을 알 수 없는 말
새순, 검불, 꿈틀거림, 애기똥풀꽃, 보푸라기
귓전을 찾아든다

말의 행렬 속으로 던져진 존재일까
우리는
쏟아지는 말 속에 갇힌다
말 속에 갇힌 말의 몸을 해체해도
무너지는 잔해로 살아가는 말
토막 난 말이 자꾸 분열한다
무성생식한다 부서진 말이 혀끝에서 소생한다
잘 익은 감자 냄새를 풍긴다

박제

윤곽만 남은 빈집,
낡은 세간을 비워내자 드러나는 의문들
거기 누가 살았던 걸까
몸이 집이었음을 알아차린 밤
떠난 남자는 손님이었을까
얼음칼로 잘 발라낸 금속의 칩은
사랑이라 믿었던 열쇠였을까
비린내조차 남기지 않고
말갛게 헹구어 낸 속을
여물이 되지 못한 지푸라기로 가득 채운다
향초 냄새 풍기던 날들
모여 있던 빛과 소리 흩어질 때
몸의 주인 간 데 없고 머물던 길마저 스러진다
쫑긋거리는 귀
꼬리털 반짝이는 거기에
먼데 산 바라보는 사슴의 눈을 박았다
벌름거리는 콧잔등의 슬픔을 파묻었다

4부

별안간
만들레꽃이

우리에게 온 다

만들레꽃이

목도리

입시의 패배를 잊기 위하여
H전자 한 달치 봉급으로 털실 꾸러미를 샀다
한 코 한 코 털실을 풀었다 짜는 동안
손과 머리는 따로 놀았다
흰 눈 같은 털실은 점점 구중중해지고
한낱 목도리조차 완성하지 못해 점점 비참해졌다

타닥타닥 군밤이 익어가는 겨울밤
털실 부스러기가 날아 들어간 화로에서
머리카락 타는 냄새가 났다
젓가락으로 집어 올릴 한 점의 흰 살도 없는
내가 기르던 물고기는 호르륵 호르륵 재가 되어버리고
불빛에 가끔 반짝이는 털실의 눈물에선
물고기 울음소리가 들리기도 하였다
물고기의 비늘을 긁어내리듯
다시 풀어 뜨는 동안
겨우내 시린 목이 더 길어지고 있었다

허공을 한 바늘 한 바늘 꿰어차며
코바늘이 부지런히 움직이고
털실과 낑낑거리며 싸우는 동안 겨울이 지나갔다
마음속 강물이 흐르는 끄트머리,
불쑥불쑥 산맥이 가로막기도 했다

통속적인 삶은 코가 하나쯤 틀려도 되지만
목도리는 첫 문단과 마지막 문단까지
시종여일 코수가 같아야 한다
뜨개질 고수의 설명에도
빈틈없이 촘촘한 문단은 어려웠다
내게 있어 뜨개질은 전쟁,
아직도 끝나지 않은 도전장이어서
물고기의 울음을 뜬다
코바늘엔 그을음이 묻어나고
히잉, 난 말웃음을 웃는다

허브의 방

꽃샘비 소록소록 네 날개 젖어들면
외로운 마음결 스며드는 님의 입김
작은 방 둥근 울을 찾아 주신 반가움에

눈 들어 바라보며 떨리는 손가락마다
분홍색 꽃맘일랑 깊이깊이 감추오고
담담히 앉은 자세 얼음 세포 가다듬어

봄 소식도 모르는 척 돌아앉은 푸른 자태
간지러운 발치엔 토닥토닥 님의 편지
어느새 넘쳐나는 꽃보다 진한 풀빛 향기.

초록을
펼치다

흐르는 물이 소리를 낸다
부딪히고 터지며 내는 비명

물소리를 채집할 때
소리를 먹은 풀은
온몸으로 같이 울어 피어난 울음꽃

득음을 빛깔로 펼친다

나의 룰루

물뿌리개로 길을 씻을 때
갑자기 앞이 환해져서
말문이 막히고

수천 번 잎이 돋고 꽃이 핀 듯
아득한 너머
눈만 끔벅거리게 하는 맑은 살빛

은근한 미소의 끝자락
윙크로 변주하면
꿉꿉하던 마음의 검은 모자
쏟아지는 색구슬,
나날이 다른 날씨

당신은
약이 되는 뿌리,
수세기가 지나도 식지 않는 구들목

낙관불입

나란히 포개지는 화투장이 춤출 때
패를 섞는 바람의 면상은 보이지 않고
숨소리 들리지 않는 방의
놀이는 기미와 예감이 있어 좋았다

사람들이 화투장이라면 빨간 등짝이 같다는 이유
저마다 앞가슴 무늬만 다를 거라는 부연 설명

싸리 빗자루 위에 난초꽃
그믐밤의 단풍 지는 소리
우는 매화꽃을 달래는 붉은 돼지
참 오래도록 쭉정이로 살았던 그림

잘못 짚은 한 수
끗발이 일어날 때 멈출걸
배추 뼈에 달팽이 기어가는 소리
화단(畫壇)에서 탈락한 오동잎 한 잎,

낙장불입이다

따듯한
침묵으로부터

한걸음에 온 듯
별안간 민들레꽃이 우리에게 온다
깊은 곳에서
서두르지 않는 작은 소리가
기다리는 사람에게 오기까지
아무 내색 없는 어둠을 열고
환한 웃음으로 온다
돌 틈을 비집는 날숨 소리
꽃이 피는 소리로 온다

살품

까스락,
풀 먹인 옷이 살을 스칠 때 나는 소리

보드라운 살갗이 베일 듯 말 듯
아슬아슬한 경계에서

더도 말고 덜도 말고
꼭 그만큼의 거리 밖에서

까스락 소리도 나지 않게
닿을락 말락 한 창구멍으로
지켜보기로 해요

데칼코마니

바다가 불탄다 불을 당긴 손길은 안 보여도
불탄다 넘실거리는 불길이 수평선을 넘을 듯 타 넘을 듯
사랑은 늘 반쪽의 사랑, 상하 대칭의 대응점에서

윗입술이 흘린 물감이 아랫입술로 번진다
가라앉은 그림자가 반쯤 감은 눈을 뜬다
두둥실 해가 솟는다 반쪽이 마저 솟아오른다

끌

바람이 꽃을 깨우고 꽃은 바람을 부른다
끌리는 쪽으로 흐른다지만
끌리는 것은 단순히 시선의 이동일 뿐,
시선의 이동을 새기는 일이 본분이었다
참한 획 하나 얻기 위해선 끝없이 참구해야 했다
참회의 끝에서 터득한 것
가르쳐주는 사람은 어디에도 없다
끙끙거리던 숨결이 코르크 마개를 터뜨린 듯 한순간
터져 나온다
숨 죽이고 웅크린 나날들,
배가 고팠다 아프고 서러웠다
회오리바람이 일고
뜨거운 눈길로 타올랐다
온몸이 부서져라 부딪히는 곳마다
피가 흘렀다 핏방울 끝에 꽃봉오리가 맺혔다
새의 발가락이 허공을 차며 날아올랐다
바람도 햇빛도 끌의 종족이다

끝의 씨앗이 꽃으로 매달렸다

떨림,
그 파리한 빛깔

자갈길에 물이 들면 바다가 되는 섬
막힌 곳이 길이 되는 곳
하늘이 고픈 곳 고파도, 구멍 뚫린 바위
스며드는 물빛이 무늬를 만들더군요
똬리를 튼 섬의 기슭 삭아가는 방갈로
풀섶을 헤치며 낮달이 내려앉아요
물 빠진 개펄
돌팍을 들추면 달아나는 게들이 죽은 듯 멈추어요
돌의 빛깔로 닮아가요
바람 없는 곳에 바람이 불어요
하눌타리의 파리한 정맥에 바람이 내려앉아요
비행기 꼬리가 뭉개고 가는 구름도 멀리서 흔들려요
덜컹거려요 속눈썹이 떨려요
풀물 든 옷섶을 만지자
점점 파고드는 마음의 얼룩이 묻었군요
노란 빛깔을 묻힌 벌들처럼
매운 격랑, 바다가 더 붉게 울어요

지진처럼,
고파도의 뱃속에서 자지러지는 울음이 되어가요
누가 가장 잘 울까 울음내기라도 하듯
노을 흘러가는 바다 물고기는 헤엄치고 미역 줄기는
눈짓하며 흔들려요
사람들의 마음이 물길처럼 흐르는 고파도, 막힌 곳이
길이 되는 떨림, 그 눈부신 물빛

봄결

얼지 않았다면
녹지 않을
녹을 수도 없을
먼산의 어질머리로부터

쉬지 않고 휘몰아치는
연초록은
사람이라면
코피라도 쏟았을 기세다

자동차 휘발유 냄새에서도
꽃잎이 묻어나는
이 꽃과 저 꽃을 보는 봄 사이에
한쪽 눈을 안대로 가리고 비칠거리듯
봄이 다가온다

실꾸리에 감기는 실도 아플까

물방울도 코를 골 것 같은 낮결
노랑나비는 분홍빛 앞에서
말을 더듬고

바람의 눈짓에
실눈 뜬 버들개지
숨소리도 결을 이루고
얕은 시냇물을 흐르는 물살은
서로 고여주는 눈빛으로 살무늬를 이룬다

마음에 마음을 감았을까
마음에 마음을 고였을까

오래 받쳐 든 저린 마음이
물결처럼 번져 나간다
허물어지는 경계선,
봄의 결 고운…….

매화꽃의 귀

차고 희고 그윽하다
깊고 붉고 도톰하다
부드럽고 아담한 향기를 듣는다
이만하면 너의 약칭이 되겠는가

매화꽃 무늬 문살에 햇귀가 밝아 온다
겨울밤 촛불 타는 냄새 향기롭다

월대 月臺

당신은, 멀리서 고요하고
침묵은 우아합니다
여뀌풀이 흔들리는 가장자리,
내려앉은
눈물방울로 당신의 표정을 비추어 보겠습니다

바라본다는 건,
우러르는 일

머리에 과일 광주리를 이고 가듯
눈길을 지그시 깔고 속으로 새기는 일

당신은 멀고,
또한 고요합니다

침묵의 온도를 덥히며
당신은 고요를 한 자락씩

풀어내립니다

에테르,
서설 같은 순은의 깃털들

누설

신라시대 고양이뼈가 출토되었다

당신이 애완하던 진흙의 슬픔의 빗장을 열면
주홍빛 고양이 잠들어 있어
둥근 것을 좋아하는 그 아이
호로록 꽈리를 터뜨리며 놀지
털실을 굴리다가 창호의 햇살을 긁어대는 발톱 끝엔
연초록의 순이 자라지
무덤 속에서 기지개를 켜면
퍼져나가는 보랏빛 한숨

고방에선 익어가는 그늘의 아득함
거느린 식솔과 가구들 다 이끌고 떠나는
당신을 따라나서던 푸른 날의 내가,
오랜 꿈에서 깨어나고
기르던 어둠이 어둠을 물고
기왓골을 타고 물처럼 흘러

소리 지르는 아이들을 흘겨보는 눈빛이
잡을 수 없는 사랑만 같아

아사달과 아사녀가 걸어다니던 나라
기와의 골 아래
주홍빛 고양이의 깊은 잠을 깨우면
애완하던 진흙의 슬픔이 교태스러운
몸짓으로 자꾸 파고들지
내 애완의 고양이로 환생한 당신이
묻혀 있던 기억을 수습하면
말하지 못한 비밀이 우수수 전율할 것 같아
비누 거품은 미끄러져 내리고
난 자꾸만 부드러운 털을 쓰다듬지

어디선가
꼬리가 출토되지 않은 고양이의 비린내가
둥실 떠오르고 있다

손

천 개의 손에 눈을 달면
천 개의 등불이 된다

많은 밤을 함께한 손이
식지 않을 부싯돌을 꼭 쥐고 있다

깍지를 풀며 새벽이 오고 있다

놓인다

합수合水는
합수合手다

병이란 무엇인가,
연구하던 천 개의 불면이 잠을 그러모은다
링거액 속의 한 방울이
단잠을 호명하면
갯비린내 질척한 습지로
시간의 검은 눈자위로
눈바람이 솟구치고

흰 벽면에 그리던 어젯밤이 포항 앞바다를
조금 더 먼 글피 그글피엔 순천만을 그리려 할 때

물방울들이 굿판의 징소리처럼
재, 재애쟁 쟁 쟁 우는 환청이 들린다
숲속 해송 한 그루 거미줄에 걸린 물방울도
필사적으로 매달린 맑은 손목 같은 것

환호성과 비명은 유사한 음역대를 지녔다

식어가는 몸속에서
강강수월래라도 도는지
단숨에 무명천을 찢는 무녀의 몸짓처럼
굿판의 징소리처럼
재, 재애쟁, 쟁 쟁 우는 환청을 만든다

물방울이 물방울을 잡아 끈다
손이 퇴화하고 가슴만 남은 방울들이
울고 싶은 사람의 눈 속으로 모여든다
울 수조차 없게 된 맥빠진 손을 적신다

단잠은 단 하나의 잠
쪼갤 수 없고
나눌 수 없는 마지막의 한잠
천 개의 불면이 불러낸 단잠이다

합수(合水)는 합수(合手)다

추억 수선집

장날의 텅 빈 마당을 노래한 열 살 이후
나는 글자들의 비밀을 훔치기 시작했다
바스락거리는 시어들이 꿈틀거리는
난간을 기웃거렸다
창신동 다락방,
후려치던 바람을 마름질하던 꿈결에
엎지른 잉크가 지금까지 얼굴을 타고 흘러내린다
문창과 입학원서가 미로 같은 공단을 헤매자
개나리꽃 속의 매운 빛깔이
눈을 찔러댔다
수첩들의 갈피는 입덧을 하듯 비린 냄새를 풍겼다
유행 지난 옷을 수선하거나 구두 뒷굽을 갈듯
사진을 정리한다 일기장에 돋아나는 그림자를 옮겨 놓는다
기억을 가위질한다 천천히 혹은 불현듯 골무를 끼고
반짇고리를 만지고 있다

나는 지금 추억을 수선 중이다

앵두

백일을 피고 지는 백일홍이
떨어지면
꽃나무 그늘에 수심이 가득해

한 달에 한 번 피는 사일홍이
떨어지고
꽃 진 자리 맺힌 열매
알알이 아름다워

꽃이여 너는 어찌
이다지도 고울까
열매여 너는 어찌
이다지도 단단할까

꽃잎을 쓰다듬는 바람의 손길은
닿으면 아플까
살며시 어루만지네

한낮에 보이지 않던 별들이
밤이면 빛나지 않더냐

어느 잎사귀에라도
답장이 올 것이니 기다려보자
마음 다잡고 우리 한 철 잘 살아보자

* * *

이 책에는 제작자가 숨겨 놓은 메시지가 있습니다. 힌트는 다음의 숫자들입니다.
66~6~1(3), 54~12~2(2), 66~11~2(2), 116~2~3(2),
108~2~1(3), 108~2~2(4), 28~14~3(2)+29~2~1(1)
이 숫자들이 의미하는 바를 알아채지 못해도, 당신이 구석을 보는 사람이라면
충분히 메시지를 읽어 낼 수 있을 거예요.

구석을 보는 사람

1쇄 발행 2024년 11월 25일

지은이　　김정숙

편집　　　김화영
디자인　　지완

펴낸이　　　박혜영
펴낸곳　　　아무책방
주소　　　　서울시 은평구 서오릉로 253 102동 702호(03424)
등록번호　　제2021-000072호
전화　　　　010-5298-0631
이메일　　　amubooks@naver.com
인스타그램　@amubooks
홈페이지　　amubooks.modoo.at

ISBN　　　　979-11-978906-9-7 (03810)

이 도서는 2024년 문화체육관광부의 '중소출판사 성장부문 제작 지원' 사업의 지원을 받아 제작되었습니다.